AF332451

# WILLIE BUTLER

2ᵉ SÉRIE PETIT IN-8°

8·Y²
44886

PROPRIÉTÉ DES ÉDITEURS

Elle vit l'air interdit de l'enfant; elle s'approcha
et l'interpella en anglais. (P. 18.)

# WILLIE BUTLER

SUIVI DES

## SOUVENIRS DU SAHARA ALGÉRIEN

PAR

M<sup>me</sup> ÉLISA FRANK

R. F.

## TOURS

ALFRED MAME ET FILS, ÉDITEURS

M DCCC XC

# WILLIE BUTLER

I

Willie chez son grand-père.

La mère de Willie était Française; mais elle avait épousé un capitaine de la marine marchande, anglaise et avait habité l'Angleterre jusqu'à l'époque de la naissance de son petit Willie, qui fut aussi celle de la mort de son mari. La même année, le même mois, presque la même semaine, avaient vu s'éteindre le père et naître l'enfant, ce qui fit plus tard que Mme Butler

ne put jamais regarder dans le passé sans
sourire à un petit berceau et pleurer devant
une tombe.

Elle revint en France auprès de son vieux
père, M. Dorbigny, qui vivait seul dans
une modeste habitation de la baie du mont
Saint-Michel, entre Saint-Malo et la côte
normande. C'est là que fut élevé William,
appelé Willie par abréviation, selon l'usage
anglais.

M. Dorbigny était, sous plus d'un rap-
port, un singulier personnage. Bien qu'on
fût en l'an de grâce 18.., il s'entêtait dans
les modes d'avant la révolution, et, si on
l'avait laissé faire, Willie aurait été vêtu
de tout point comme un bon bourgeois du
temps de Louis XV, ainsi qu'il l'était lui-
même. Mais M<sup>me</sup> Butler, à force d'adresse et
de câlineries, avait réussi à conserver à son
petit garçon le costume ample et commode
adopté pour les enfants en Angleterre.
Quant au moral, si le vieillard était un peu
fantasque et original, s'il oubliait parfois
l'âge de son petit-fils, à ce point de lui

Le mont Saint-Michel.

parler politique et philosophie, ce n'en était
pas moins un excellent homme et un maître
fort instruit.

A dix ans, son élève en savait plus que
bon nombre d'écoliers de cinquième, et il
était surtout fort avancé dans les sciences
naturelles, pour lesquelles son vénérable
professeur avait une passion des plus ar-
dentes.

Ses leçons étaient d'autant plus goûtées
de Willie, qu'il les lui faisait mettre en
pratique toutes les fois que la chose se
pouvait. Si l'on s'occupait de botanique, le
jardin, les prés et les taillis étaient explorés
minutieusement, et la démonstration se
faisait à la clarté d'un beau soleil ou dans
le demi-jour d'une voûte de verdure, que
les promeneurs choisissaient pour y faire
leur halte de midi, déjeuner et s'y reposer
une heure. Puis, une autre fois qu'il avait
été question des plantes marines, des cail-
loux, des coquillages sans nombre qui jon-
chent les grèves, le grand-père prenait
Willie par la main et le conduisait le long

de la plage, lui désignant à tout moment,
du bout de sa canne de jonc à pomme
dorée, tantôt une coquille en forme de
casque romain, tantôt l'intérieur nacré
d'une huître vide ou d'une oreille de mer,
tantôt une plante chevelue, un caillou pail-
leté d'or, une touffe de mousse marine
d'un vert d'émeraude, un crabe marchant
en zigzag, ou un homard armé de toutes
pièces, en embuscade sous une grosse
pierre.

Nous devons dire que le jeune Willie
préférait de beaucoup ces leçons-là à celles
qu'il lui fallait suivre dans l'intérieur du
pays, et qu'il eût donné toutes les prairies,
tous les bois, tous les jardins du monde
pour errer du matin au soir sur les grèves
blanches, d'où il voyait à perte de vue se
dérouler les vagues bleues qui grondaient
et écumaient à marée haute autour du
gigantesque rocher de Saint-Michel. C'est
à la cime de cette montagne de granit que
fut élevée, il y a bien des siècles, la cé-
lèbre abbaye dédiée à l'archange Michel, et

qui a servi pendant longtemps de prison
d'État.

Ces parages sont dangereux, et l'on a
trop souvent à déplorer la perte de per-
sonnes assez imprudentes pour s'y aven-
turer sans guide. Les sables mouvants de
la baie de Saint-Michel se sont entr'ou-
verts sous les pas de bien des voyageurs,
et même parmi les pêcheurs de cette baie
funèbre il en est bon nombre qui ne sau-
raient les explorer à coup sûr, tant le péril
s'y déguise sous des apparences trompeuses.
Willie savait tout cela, ce qui ne l'empê-
chait pas de souhaiter ardemment une occasion d'aller seul, au moins une fois, au
mont Saint-Michel, afin de mettre en pratique ses connaissances de la carte des fondrières.

Une aventure, pensait-il, me grandirait
aux yeux de mes camarades; ils m'admi-
reraient, m'envieraient; je serais un héros
pour toute la commune! Il est vrai que
j'aurais désespéré tout un jour ma mère
et mon grand-père, que je leur aurais fait

un mal affreux; mais quelle joie aussi suc-
céderait à cette angoisse, et comme je serais
embrassé, couvert de caresses! quelle joie
à mon retour!

Comme si l'ingrat enfant avait eu besoin d'affronter la mort pour être caressé,
dorloté à qui mieux mieux par les deux
êtres qui ne vivaient que pour lui et par
lui!

Un jour donc que sa mère était allée
faire un petit voyage à Saint-Malo en compagnie de M. Dorbigny, et que Willie, re-
commandé à une domestique, était sensé
devoir rester à la maison ou dans le jardin, notre garçon, friand d'aventures, et
fort peu soucieux du prix qu'elles pourraient coûter à ses parents, se glissa hors
du jardin, tandis que la servante étendait
du linge sur une haie, et gagna la grève
muni d'un panier, de grosses bottes et de
bâtons pour sonder les fondrières, en em-
menant son chien. Le soir, quand arri-
vèrent Mme Butler et M. Dorbigny, Willie
était encore absent, et nul ne l'avait vu

de la journée, ni sur la plage ni dans le bourg.

Le désespoir avait rendu sa mère presque folle, et son pauvre vieux grand-père se mourait d'une attaque de paralysie et d'apoplexie.

# II

L'île de Jersey.

Dans un des coins les plus fertiles de l'île de Jersey s'élève une belle et vaste ferme dirigée par un agriculteur français nommé M. Aubin. Cette exploitation rurale n'est pas très éloignée de la mer, et les navires ou les bateaux de pêche qui traversent la Manche s'arrêtent souvent dans un petit havre qui n'en est qu'à deux kilomètres.

Par une belle journée de printemps, un garçon d'une douzaine d'années cheminait sur la route de la ferme en compagnie d'un chien qui jappait en courant devant lui d'un air joyeux.

Le garçon portait sur son épaule des bâtons liés en faisceau; un panier et des bottes de pêcheur pendaient à son dos, et son pantalon relevé laissait voir des brodequins complètement imbibés d'eau.

Cependant il marchait assez gaillardement, montrant de la main la route à son chien, et semblant humer avec un certain plaisir l'air frais et pur qui lui apportait les bonnes senteurs de la ferme.

Mais, en approchant des bâtiments, le petit voyageur devint peu à peu moins alerte; un nuage passa sur son front, et un gros soupir s'échappa de ses lèvres.

La ferme se montra enfin, blanche de muraille, rouge de toiture, tout entourée de beaux arbres, de pièces d'eau, de prés verts et fleuris, couverts de bestiaux.

Tom, c'était le nom de son chien, s'élança vers la barrière de la cour; mais un formidable aboiement lui fit faire un brusque mouvement de retraite.

Cette barrière était gardée par deux énormes bouledogues enchaînés, qui ouvraient une gueule armée de crocs capables de broyer des pierres. L'enfant s'arrêta court et regarda autour de lui, tandis que Tom, retranché à plus de vingt pas en arrière, aboyait d'une voix mal assurée.

A ce moment une jeune fille fraîche et avenante sortit de la cour, une cruche dans une main et dans l'autre un paquet de linge; elle allait laver à la fontaine. Elle vit l'air interdit de l'enfant, sa jolie figure, ses vêtements en partie mouillés; elle s'approcha et l'interpella en anglais.

Rouge comme une fleur de grenadier, le garçon lui répondit quelques mots dans la même langue, mais avec un accent étranger.

« Pierre! cria alors en français la fille de ferme; allez donc dire au maître que voilà un jeune garçon qui pourrait bien avoir besoin de lui. » Et, se retournant vers l'enfant : « Entrez, mon petit homme. »

Le petit homme regardait les dogues et n'osait faire un pas.

« Ah! je vois ce qui vous tient, dit gaiement la servante en riant; venez avec moi. »

Et elle entraîna l'enfant, qui passa entre les affreux cerbères le visage blême de terreur. Quant à Tom, il prit son parti en brave, et s'élança d'un bond à la suite de son maître.

Un personnage de bonne mine apparut en ce moment à la porte de l'habitation, et la servante s'éloigna en disant au voyageur :

« Tenez, mon ami; c'est là M. Aubin. »

L'enfant fit un pas en avant, ôta son chapeau, puis s'arrêta, ne sachant s'il devait avancer davantage, et n'osant dire un mot.

Pendant ce temps, Tom, assis au milieu de la cour, grognait sourdement en regardant fixement les bouledogues, qui semblaient maintenant le dédaigner; car ils s'étaient recouchés à plat ventre en face l'un de l'autre, et fermaient leurs gros yeux ronds comme s'ils eussent voulu dormir.

« Qui êtes-vous, mon enfant, et que voulez-vous? dit enfin le fermier d'un ton encourageant au petit garçon.

— Je m'appelle Willie Butler, Monsieur, balbutia notre aventurier d'une voix presque inintelligible.

— Vous êtes donc Anglais?

— Mon père l'était; mais ma mère est Française, et je voudrais m'en retourner en France.

— Comment êtes-vous ici, seul, loin d'elle? »

Willie, car c'était bien lui, se prit à pleurer si fort, que le brave fermier alla au-devant de lui, et lui prit doucement les mains.

« Il s'agit bien de pleurer, mon petit ami. Voyons, n'ayez pas peur et répondez-moi la vérité.

— J'ai quitté la maison pendant l'absence de ma mère et de mon grand-père; je voulais voir si je me tirerais bien des sables mouvants de la grève du mont Saint-Michel, et la mer a failli m'emporter.

— Tout cela ne me dit pas comment vous êtes à Jersey.

— Au moment où je m'accrochais à une roche pour me sauver des vagues, j'ai vu un bateau de pêche à l'ancre; je m'y suis caché, croyant qu'il allait à Cancale, où j'aurais pu ainsi revenir avant le soir; et quand on a été en pleine mer, je me suis montré, mais on m'a dit que le bateau s'en retournait à Jersey. Alors j'ai bien pleuré en pensant que ma mère me croirait mort.

— Et pourquoi êtes-vous venu chez moi?

— C'est le patron du bateau qui m'y a envoyé, en me disant que vous étiez Français et que vous verriez ce qu'il faudrait faire de moi. Oh! mon pauvre grand-papa et ma chère maman, que de chagrin vous devez avoir!... » Et il recommença à fondre en larmes.

« Si vous m'avez dit l'exacte vérité, fit M. Aubin, je verrai ce qu'il y aura à faire pour vous rendre au plus tôt à vos parents; mais il sera d'abord urgent que je leur écrive,

et pour cela j'aurai besoin que vous me don-
niez leur adresse. Avant tout entrez vous
reposer, nous causerons tout à l'heure. »

Willie remercia le fermier, puis il dé-
posa son bagage dans un coin de la cour
et entra dans la vaste cuisine de la ferme,
où l'on appréta le repas de midi. Il s'assit
sur un escabeau, les yeux baissés, en attendant que maître Aubin vînt donner des
ordres à son égard. Tout à coup il se sentit
pris d'un violent mal de tête; les nausées
s'ensuivirent, puis la fièvre. Il fallut le mettre
au lit, et envoyer chercher un docteur : il
avait la rougeole.

# III

Le tante Jeanne.

L'émotion, le regret que lui avait causé son escapade, et peut-être aussi la fatigue d'une longue course dans le sable mouillé, avaient déterminé chez Willie ce mal, qui atteint de préférence les enfants, et met parfois leur vie en danger. Il eut le délire durant plusieurs jours, et l'eut si complet, qu'il fut impossible à M. Aubin de tirer de lui l'adresse de sa mère; mais il avait parlé de Cancale, du mont Saint-Michel; le fermier écrivit en cette localité, afin de faire connaître à M<sup>me</sup> Butler le sort de son fils.

Tout cela avait demandé quelques jours, et Willie en était arrivé au plus fort de la maladie avant qu'on eût la réponse aux informations de M. Aubin.

La tante Jeanne, une vieille parente du fermier, s'était installée auprès du petit malade, qu'elle veillait jour et nuit avec la plus grande sollicitude. Tous les soins lui étaient prodigués avec un zèle et une intelligence rares; M. Aubin avait donné des ordres pour que rien ne fût épargné; car il n'avait plus qu'une préoccupation, arracher l'enfant à la mort et le rendre à sa mère.

La tante Jeanne, tout en veillant, lisait assidûment dans les saintes Écritures; et souvent elle s'oubliait jusqu'à lire à demi-voix, comme si elle eût mieux compris le sens du livre divin en épelant, pour ainsi dire, chaque mot.

Un soir qu'elle était plus que jamais absorbée dans cette occupation, Willie, qui n'avait plus le délire, se souleva doucement sur son coude et se prit à écouter ce que disait sa garde-malade. Elle lisait l'histoire de l'enfant prodigue et en était à ce passage :

« Je me lèverai et m'en irai vers mon père, et je lui dirai : Mon père, j'ai péché contre le ciel et contre vous. »

M. Aubin.

Willie, en entendant ces paroles, sentit son cœur se briser. Jusqu'à ce moment, la force du mal lui avait ôté toute idée de ce qui s'était passé, et il n'avait plus songé à interroger M. Aubin sur le résultat de ses démarches. Tout cela lui revint à l'esprit en entendant la tante Jeanne murmurer :

« Je me lèverai et m'en irai vers mon père, etc.

« Je veux qu'on me parle de ma mère, dit-il d'une voix altérée par la crainte; tante Jeanne, dites-moi ce que vous savez, je vous en supplie.

— Là, là, mon cher garçon, ne nous agitons pas ainsi. Votre mère est avertie, elle sera ici dans quelques jours, demain peut-être, mais soyez raisonnable, et ne vous exposez pas à retomber en danger.

— Et grand-père?... »

Tante Jeanne hésita un instant.

« Mon pauvre grand-papa, est-il donc malade?...

— Il a été souffrant, et l'est encore un peu; mais on espère qu'il sera délivré d'ici à peu. »

Willie pleura amèrement, malgré tout ce que la tante Jeanne put lui dire pour le calmer. Une horrible appréhension s'était emparée de lui en apprenant que M. Dorbigny était malade.

Le lendemain de cette journée, M. Aubin

entra dans la chambre le front assez soucieux, et dit à son jeune hôte qu'il venait
de recevoir une lettre de France lui annon-
çant que M^me Butler ne pourrait se rendre
sur-le-champ à Jersey à cause du grand-
père; mais qu'elle chargeait une personne
sûre de prendre Willie aussitôt qu'il pourrait, sans inconvénient se mettre en route.

« Mon grand-père est donc plus mal, dit
le convalescent au fermier, qui s'apprêtait
à sortir de la chambre.

— Oui et non, monsieur Willie. Le vieillard a reçu un rude coup de votre fuite. Je
vous le dis tout bonnement, parce que je
pense que la leçon, si sévère qu'elle soit,
vous est due. Une fugue d'enfant peut ame-
ner de cruels, d'irréparables malheurs, et,
l'on ne peut trop le répéter, le mal ac-
compli ne s'efface pas aisément, mon garçon; mais l'avenir est à nous, et Dieu veut
que les fautes du passé soient rachetées
par la sagesse de l'avenir. Vous avez trop
d'intelligence et de cœur, j'imagine, malgré
votre sotte aventure, pour ne pas réfléchir

là-dessus. Dans trois à quatre jours vous serez en état de vous embarquer. Je vous donnerai un cheval pour aller jusqu'à la crique, où vous attendra un bateau de Cancale commandé par une personne dévouée à votre mère, et qui est chargée par elle de vous ramener dans votre maison.

— Ce sera bien long, quatre jours.

— La prudence l'exige. Je ne vous donnerai votre congé qu'à bonne enseigne, et, sur ce, bonne nuit, mon enfant. »

Le fermier se retira, en laissant Willie à ses méditations.

Le départ et l'arrivée.

Quatre jours après cette conversation, quatre jours qui avaient paru autant de siècles à Willie, M. Aubin vint l'avertir que la jument grise l'attendait à la barrière, et qu'un petit valet de ferme était chargé de le suivre pour ramener ensuite la bête.

A cette annonce, le cœur de Willie battit si fort, qu'il faillit en être suffoqué; mais il se remit de cette brusque secousse, et exprima du mieux qu'il put sa reconnaissance à M. Aubin, qui ne voulait point entendre parler de cela; puis il embrassa

affectueusement la tante Joanne, et des-
cendit dans la cour.

Ses habits avaient été restaurés pendant
sa maladie, son chapeau remis à neuf, et
la tante Jeanne lui avait fait cadeau d'une
paire de gants noirs. Quand il eut enfour-
ché la jument grise, sur laquelle il avait
assez bonne mine, le fermier lui mit une
badine dans la main, et lui souhaita bon
voyage.

Un quart d'heure plus tard, il était sur
la route, suivi du petit valet, et de Tom,
qui gambadait devant sa monture en jap-
pant d'un air qui semblait dire : Nous
allons donc revoir notre chère maison !

En atteignant la dernière étape de son
court voyage, Willie aperçut une vieille
auberge au-devant de laquelle se balançait
une enseigne de bois dont les lettres mul-
ticolores éblouissaient les yeux.

Sur le pas de la porte de cette hôtellerie
primitive se tenaient un homme et une
femme qu'à leur embonpoint et à leur mine
rougeaude il était facile de reconnaître

pour les propriétaires de ce refuge à tant l'heure. L'hôte et l'hôtesse s'avancèrent avec le plus grand empressement vers Willie Butler, et lui offrirent les mets les plus exquis qu'ils purent imaginer. La vérité est que ces mets n'existaient que sur la carte, et qu'il eût fallu les remplacer par des pommes de terre et un morceau de rosbif plus ou moins coriace si l'on eût tenu à dîner à l'auberge.

Willie les remercia comme s'ils lui eussent servi le potage et les trois services classiques; mais il leur déclara timidement qu'il n'avait pas faim, et qu'il voulait se rendre immédiatement au lieu d'embarquement.

Lorsque notre petit vagabond revit la mer, il éprouva une telle joie et en même temps un tel repentir, qu'il arrêta un moment son cheval pour ne pas arriver les yeux rouges et la poitrine haletante en présence du patron de barque qui l'attendait.

Après une pause de quelques minutes, il remit sa bête au trot, et piqua droit sur la pointe de la grève où était amarré le bateau pêcheur.

Un visage ami l'attendait à bord ; il remit la jument au valet de ferme, non sans une grande honte de ne lui rien donner ; mais son gousset était vide. Il se contenta en conséquence de lui adresser un remerciement chaleureux, et le chargea de ses compliments reconnaissants pour le fermier et la tante Jeanne.

Le lendemain, de grand matin, le jeune Willie Butler mettait le pied sur la grève de Saint-Michel, et se dirigeait d'un pas mal assuré vers sa maison, qu'on voyait de la baie.

Un spectacle navrant l'attendait. Sa mère ne quittait plus une seule minute le chevet du grand-père, que la paralysie clouait sur son lit de douleur ; et quand Willie se montra à la porte inondée de soleil, le pauvre vieillard n'eut même pas la force de jeter un cri, mais il étendit vers la porte sa main restée libre, et ce geste révéla à M<sup>me</sup> Butler l'arrivée de son fils.

Se retourner et s'élancer vers lui de toute la force de son amour fut l'affaire d'une seconde. La pauvre femme, ainsi que nous l'avons dit, avait failli perdre entièrement la raison, mais l'état de son père l'avait rappelée à elle. Ses soins lui étaient indispensables; elle les lui avait prodigués, refoulant au fond de son cœur le désir d'accourir à Jersey pour y embrasser le cher coupable qui l'avait fait si durement souffrir.

On imagine avec quels transports elle couvrit son fils de baisers; c'était plus encore qu'il n'avait rêvé lorsqu'il avait décidé sa folle équipée; mais si les caresses maternelles lui étaient prodiguées sans réserve, malgré sa faute, le spectacle qu'offrait le vieillard, à demi glacé par un mal terrible, implacable, était bien fait pour raviver les remords de Willie. Aussi, dès qu'il put s'échapper des bras de sa mère, courut-il se jeter à genoux auprès du lit, en s'écriant:

— « Pardon, grand-père! Oh! pardon, pardon! »

Pour toute réponse, le malade posa sa main droite sur la tête de son petit-fils, et lui dit bien doucement et bien tendrement: « Mon enfant, que Dieu te pardonne comme ta mère et moi t'avons pardonné. »

A partir de ce jour, les forces de M. Dorbigny déclinèrent sensiblement, et la paralysie envahit tout un côté de son corps; mais il supportait cette épreuve avec un courage héroïque, pour ne pas exciter trop vivement les remords de son cher Willie. Il traîna ainsi quelques mois, durant lesquels le jeune garçon ne cessa de partager avec sa mère les soins qu'exigeait son état.

Willie épiait ses moindres signes, suivait sur ses traits ravagés les plus légères impressions, et, à force de tendresse, devinait et prévenait ses désirs les plus secrets.

Mais tout cela échoua devant l'intensité du mal. Le vieux grand-père succomba vers la fin de l'été, et Willie le pleura avec un désespoir si vrai, si profond, que sa mère se vit obligée de faire taire son chagrin personnel pour arriver à modérer celui de son enfant.

Jamais, depuis cette époque, Willie n'a contemplé la grève mouvante du mont Saint-Michel sans se sentir oppressé d'un poids énorme, et sans se détourner pour pleurer celui qui lui a si tendrement pardonné sa mort.

Enfants, gardez bien votre jeune conscience de ces regrets douloureux que rien ne peut effacer. L'obéissance vous pèse souvent, hélas ! mais les suites d'une désobéissance sont encore plus lourdes à porter.

Willie Butler aura beau traverser la vie en honnête homme, remplir désormais tous ses devoirs avec le scrupule d'une nature pieuse et délicate, une voix lui dira toujours au fond du cœur que c'est lui qui a causé la mort de son grand-père, et cette voix troublera ses joies les plus pures.

Mais, direz-vous peut-être, mes chers enfants, Willie avait pourtant bon cœur; il aimait beaucoup ses parents, et sans nul doute il n'eût point tenté l'aventure des sables mouvants, s'il avait pu prévoir le malheur qui devait en résulter. D'accord, autrement il eût été un monstre ; mais, comme la plupart des enfants, il aimait sa mère et son grand-père avec cette sorte d'égoïsme qui empêche de mettre les actions en harmonie avec les pensées ; il les aimait pour lui, et il n'avait pu résister à la tentation de leur échapper durant quelques heures, dans le seul but de courir après une émotion nouvelle, de satisfaire une curiosité imprudente.

Que les enfants se le persuadent bien, il ne saurait y avoir de jouissance vraie là où il y a faute, et la sagesse, à l'âge de Willie Butler, est contenue dans un seul mot : *Obéir.*

Nous l'avons dit souvent, et nous le redirons à nos jeunes lecteurs chaque fois que l'occasion s'en présentera, l'enfant obéissant est à peu près sûr de ne jamais mal faire, attendu qu'un père et une mère prévoient d'ordinaire, et avec une sollicitude des plus tendres, le mal ou le danger qui pourrait l'atteindre, et ils ne cessent de l'en garantir. La tâche de l'enfant est donc des plus simples, sinon des plus aisées. Mais, où il n'y aurait pas lutte, il ne pourrait y avoir vertu, et l'obéissance est une vertu.

# SOUVENIRS

## DU

# SAHARA ALGÉRIEN

———

## I

**Un cousin capitaine de zouaves.**

Raoul Desforges a le bonheur de posséder un cousin capitaine de zouaves, ce qui excite au plus haut point l'envie de ses camarades; mais il n'est donné qu'à fort peu d'écoliers de jouir d'une pareille faveur.

Pendant les dernières vacances de Pâques, le cousin de Raoul est venu en congé, et il ne s'est guère passé de jour qu'il n'ait rendu visite à la famille du lycéen, installée

dans un charmant pavillon de Ville-
d'Avray, tout au bord des bois.

Là le brave capitaine s'est vu assailli par
une grêle de questions roulant comme un
feu de file; mais cette mitraille ne l'a pas
plus troublé que celle des fusils arabes, et
il en a attendu la fin le front calme et la
lèvre souriante. Puis il a pris Raoul par le
bras, l'a emmené sous la tonnelle de vigne
vierge qui clôt le jardin, l'a fait asseoir en
face de lui, et lui a dit gaiement:

« Ah ça! Raoul, il te faut donc des histoires?

— Beaucoup d'histoires, cousin Renaud:
c'est si amusant!

— Des histoires d'Afrique, n'est-ce pas?

— Sans doute, j'aime tant à entendre
parler des Arabes, des Kabyles, des Turcs,
des Maures, avec leurs beaux costumes,
leurs armes brillantes, leurs chameaux et
leurs bêtes féroces, que vous pouvez m'en
parler vingt-quatre heures de suite sans
que je demande à manger ou à dormir.

— Un instant! il ne faut abuser de

rien, pas même des histoires d'Afrique. Moi, je tiens à manger et à dormir un peu. Nous allons donc faire un marché : je te donnerai chaque soir après dîner une heure pendant laquelle je te ferai voyager dans les oasis du Sahara, d'où j'arrive, et ce sera tout. Tu auras beau vouloir m'attendrir, l'heure écoulée, pour prolonger mon récit, je serai inexorable comme un jour de combat, et je te renverrai au lendemain : voilà mes conditions. Si elles te vont, dis-le, sinon je remets mes histoires dans mon sac, et tout est dit.

— Une heure passe vite, dit timidement Raoul; mais c'est égal, j'accepte, mon cousin. Vous commencerez tout de suite, au moins?

— Le temps de fumer un cigare et de te montrer, sur la carte que j'ai dans ma poche, la situation des lieux où je veux te conduire, Tiens, déplois cette carte de l'Algérie sur le banc, et promène ton doigt dans la région qui s'étend au sud d'Alger.

— J'y suis. Voici l'oasis des *Ksour*.

— Descends plus au sud encore, à peu
près en ligne droite, tu trouveras une oasis
beaucoup plus grande.

— Celle des *Beni-Mzab?*

— Précisément. C'est là que nous avons
affaire. Mais tu sais ce que c'est qu'une
oasis, n'est-ce pas?

— C'est un bois de palmiers, une île de
verdure dans le désert.

— Le dictionnaire l'explique ainsi; mais
il n'ajoute pas que l'oasis est le plus souvent assez étendue pour être habitée et
cultivée, et qu'il en est qui forment de
petites provinces. Je me souviens qu'à
ton âge, Raoul, je me figurais l'oasis un
petit rond de gazon planté d'un ou deux
palmiers, et rafraîchi par une source; mais
d'habitants et de maisons, je n'en suppo-
sais pas l'ombre.

— Ni moi non plus, répondit Raoul en
riant.

— Donc, l'oasis des Beni-Mzab, que tu
tiens là sous ton doigt, est un pays, un
vrai pays, fort peuplé, et dont la soumis-

sion à la France date de peu d'années. Après la prise de Laghouat par notre armée, les tribus nomades du désert suivirent l'exemple des Beni-Mzab, et firent leur soumission, épouvantées des rapides victoires des Français.

— Etiez-vous à la prise de Laghouat, mon cousin?

— C'est à l'assaut de cette place que j'ai gagné mes épaulettes de capitaine. Ah! c'était superbe, mon garçon!... A sept heures du matin le feu est ouvert, à dix heures la brèche est praticable. Les 1er et 2e régiments de zouaves s'élancent comme l'ouragan, et renversent tout ce qui leur résiste, frayant ainsi un passage aux colonnes d'attaque, qui vont planter notre drapeau au haut d'un minaret élevé au-dessus de la maison de Ben-Salem. Si tu avais vu mes zouaves, petit cousin, tu en aurais eu le frisson; on eût dit de vrais démons escaladant la place et l'enlevant en un tour de main, comme Robert Houdin et Bosco escamotent une muscade. Et

pourtant les assiégés se défendaient vaillam-
ment et nous tuaient pas mal d'hommes;
mais qu'est-ce que cela leur faisait aux
*zous-zous?* ils auraient plutôt avalé les ca-
nons et les canonniers que de reculer. Je te
dis, gamin, qu'ils étaient superbes!

— Je m'engagerai dans les zouaves dès
que j'aurai l'âge! s'écria Raoul transporté.

— Un instant, bonhomme! reprit le
cousin Renaud en mettant sa main rude
sur la tête de Raoul, n'est pas zouave qui
veut. Il y a des parents qui ne se soucie-
raient guère d'entretenir leur fils au collège
pendant sept à huit ans pour en faire un
zou-zou; car il faut que je te confie qu'ils
n'ont pas une très bonne renommée de
sagesse, et que, s'ils sont braves comme
des lions, ils sont souvent indisciplinés et
mauvaises têtes comme des gamins en
révolte.

— Mais vous, cousin? hasarda timidement Raoul.

— Moi... moi... vois-tu, mon bon ami,
j'ai assez mal fait mes études classiques,

et puis je n'avais plus ni père ni mère à chagriner quand je me suis engagé. J'étais le maître de ma peau; j'espère que tu

Gardaïa, chez les Beni-Mzab.

n'auras pas ce malheur. Mais voici notre heure écoulée; il faut nous dire bonsoir.

— Vous ne m'avez presque rien conté, fit Raoul avec une petite moue.

— Comment, petit ingrat! tu n'as pas eu l'indication du siège de nos opérations futures, et la prise de Laghouat par les zouaves? Je voudrais bien t'entendre murmurer!... Allons, bonne nuit, et à demain, à moins que, pour t'ôter tout prétexte de récriminations, parce qu'il s'en manque de dix minutes que l'heure soit sonnée, je ne te dise que ce dessin que voilà auprès de ma carte représente une scène dont j'ai été témoin et acteur dans le désert, en me rendant à Gardaïa. Tu vois qu'il s'agit d'une grande chasse au lion par des cavaliers indigènes. Le roi du Sahara, acculé dans une sorte d'enceinte rocheuse, tient tête aux chasseurs, et leur montre une gueule armée de dents menaçantes. Eh bien! ce fut un de mes zouaves qui l'abattit en lui envoyant une balle au beau milieu du front, action qui le fit presque porter en triomphe par les cavaliers auxquels nous nous étions joints au moment du danger. Maintenant, encore une fois bonne nuit, cousin! tu as plus que ton compte. »

Raoul embrassa le capitaine et gagna sa chambre, muni de la carte et du dessin que celui-ci lui avait laissés; il prit un volume de voyages en Afrique, s'établit à son petit bureau, et s'enfonça, jusqu'à l'heure du coucher, dans l'étude des oasis du Sahara.

L'oasis des Beni-Mzab.

Le cousin Renaud venait à peine de se montrer à la porte du pavillon, que Raoul courut à lui en criant d'un air important :

« J'ai déjà étudié le terrain. Je sais que la ville principale des Beni-Mzab se nomme Gardaïa, qu'elle est administrée par une *djemmâa*, espèce de conseil municipal ; que le chef de la religion est appelé *scheik-baba*, qui veut dire ancien, vénérable père.

— Ouf ! quelle page d'itinéraire tu viens de me débiter là sans reprendre haleine, Raoul !

« — C'est pour vous économiser du temps, cousin; au lieu de m'expliquer ces choses, vous pourrez vite commencer vos histoires.

— Soit. En route donc pour le désert, c'est-à-dire pour la tonnelle. » Et le capitaine prit au pas accéléré le chemin du jardin, suivi de Raoul, dont le visage épanoui disait toute la joie.

Là le capitaine eut la générosité de se priver de son cigare, afin de ne pas voler cinq minutes à Raoul, qui faisait le gentil en lui offrant des allumettes, bien qu'il maudît à part lui le tabac et appelât de tous ses vœux un refus bien net, qu'il n'osait pourtant espérer. Aussi eut-il un mouvement de joie lorsque son cousin, après avoir lissé sa barbiche et jeté sa casquette sur le banc, commença sans préambule le récit de son séjour dans l'oasis des Beni-Mzab.

« Pour arriver à l'oasis où l'on m'envoyait en mission avec ma compagnie, il fallait faire plusieurs jours de marche

dans le désert, souffrir du chaud, de la
soif, de la fatigue, et de bien d'autres dé-
sagréments encore; mais j'avais des hommes endurcis au mal, faits à toutes les
privations, riant, chantant au lieu de se
plaindre, et traitant la souffrance comme
une redoute, c'est-à-dire la prenant d'assaut et la réduisant à l'impuissance. Je
n'avais donc nul souci; et, tout heureux
de mes nouvelles épaulettes, je ne songeais
qu'à observer la contrée, et à jouir de ce
qu'elle pourrait m'offrir de beau ou de
curieux. J'eus pris à peine deux ou trois
jours de repos, que je me mis à organiser
des excursions, tantôt à droite, tantôt à
gauche de Gardaïa, où j'avais établi ma
compagnie.

« Suivi de mon soldat Bastien, un
zouave déterminé qui m'a sauvé deux fois
la vie, j'explorais l'oasis, m'arrêtant partout où je trouvais quelque chose à voir,
à apprendre, et notant mes observations
sur mon carnet.

« Jamais je n'avais vu de si beaux troupeaux de moutons, ni de moutons habillés d'une aussi belle laine, paître dans de plus fertiles pâturages. Bastien, qui est Normand, était même forcé de convenir que les plaines du Cotentin ne peuvent être comparées à celles des Beni-Mzab, et il trouvait les Mozabites un peu plus imposants, drapés dans leurs burnous de coton blanc, que les bergers de son pays, gauchement enveloppés de leurs limousines à col de velours.

« Figure-toi, mon cher Raoul, de grands gaillards au teint rouge clair, maigres, droits et bien pris, les jambes et les bras nus, le visage grave, dirigeant un troupeau de cinq à six cents moutons, sans se départir un seul instant de leur tenue digne et fière; ou bien chargeant des chameaux du produit de leurs récoltes, et s'apprêtant à traverser le désert soit pour aller en Algérie, soit pour se rendre à Tombouctou, de l'autre côté du grand Sahara.

« Ces hommes ont une distinction de race qui est innée chez ces peuples pri-

mitifs. Sans doute le défaut de civilisation
les prive de grands avantages, mais il leur
laisse en revanche des vertus tout excep-
tionnelles.

« Il n'y avait pas deux jours que je par-
courais l'oasis, que j'en eus la preuve la
plus touchante.

« Accueilli dans la maison d'un Mozabite aisé, j'y fus traité avec cet empressement respectueux, ces égards délicats que
savent si bien observer les habitants de ce
pays, qui ne le cèdent en rien aux Arabes
pour la pratique de l'hospitalité.

« J'allais quitter mon hôte, quand il me
dit simplement, et sans la moindre amer-
tume :

« J'ai fait selon  la loi en vous recevant
« de mon mieux, toi et ton serviteur; je
« n'ai pas laissé mon visage se couvrir de
« tristesse, ni ma voix trembler dans les
« larmes; Dieu m'a aidé à être doux aux
« voyageurs; mais maintenant je leur de-
« mande une preuve d'amitié. Quand je
« vous ai dit hier au soir : Mon fils dort,

« il venait de mourir entre les bras de sa
« mère. Dieu l'a voulu; qu'il lui donne le
« repos ! Pour ne pas troubler votre festin
« et votre joie, j'ai dû contenir ma douleur;
« j'ai imposé silence à ma femme, et ses
« pleurs ne sont point arrivés jusqu'à vous.
« Mais je vous prio, à l'heure du départ,
« d'assister à l'enterrement de mon enfant,
« et de joindre vos prières aux miennes. »

« Je serrai la main de cet homme cou-
rageux, et je lui laissai voir sans honte
l'émotion que faisaient naître en moi sa
confidence et sa prière, tandis que Bastien, que je n'avais jamais vu attendri,
renfonçait avec ses poings les grosses
larmes qui roulaient sous ses cils roux.
Mais je n'en finirais pas si je voulais te
dire aujourd'hui tout ce que j'ai admiré
chez les Beni-Mzab; ce sera pour la pro-
chaine séance. »

# III

La zaouïa de Sidi-Ali-Taleb.

« En quittant le pauvre père auquel
notre présence avait imposé une si dure
contrainte, nous nous dirigeâmes vers la
*zaouïa* de Sidi-Ali-Taleb. Mais d'abord je
te dirai, ce que tu ne sais pas sans doute,
qu'une zaouïa est un établissement religieux ayant trois destinations principales :
la prière, la bienfaisance et l'instruction.
Il se compose de quatre divisions : la pre-
mière est réservée au culte ; les deux
autres servent d'école et d'hôtellerie ; la

quatrième, la plus petite de toutes, est oc-
cupée par la famille du marabout chargé
de diriger l'établissement. Un petit dôme,
appelé *kouba*, et portant le nom du fonda-
teur de la zaouïa, indique la partie con-
sacrée au culte.

« Comme nous approchions de la zaouïa
de Sidi-Ali-Taleb, nous fîmes rencontre
d'un mendiant estropié auquel Bastien
offrit la moitié de son pain en lui de-
mandant si nous étions bien sur la route
de l'établissement, et si vraiment ce lieu
avait été consacré par des prodiges. « Ne
« sais-tu pas, lui répondit le mendiant,
« que c'est là qu'est le tombeau de Sidi-
« Ali-Taleb, *un homme de Dieu*, et qu'on
« y vient des quatre points de l'ho-
« rizon ? » Bastien s'inclina avec déférence,
et se tint pour renseigné. Il savait que
les Mozabites n'aiment point à beaucoup
parler, et il craignait en outre de me dé-
plaire en ayant l'air de suspecter la vertu
du tombeau musulman en présence d'un
croyant.

« En moins d'une heure nous atteignîmes la zaouïa, que nous vîmes entourée d'une foule compacte de pèlerins, venus pour demander de la pluie ou la guérison d'un mal rebelle.

« Au moment même où nous arrivions auprès de la porte du monument religieux, le marabout frottait le dos d'un malade avec un gros bâton, tandis que d'autres écornaient la pierre du tombeau, et en avalaient les morceaux après les avoir broyés. Bastien avait grande envie de rire des coups de bâton administrés gravement à un malade tremblant de la fièvre; mais je le regardai et cela suffit : il tira sa pipe de sa poche, et se mit à fumer pour se donner une contenance sérieuse.

« Ce bâton merveilleux est celui qu'un envoyé secret du Prophète remit à Sidi-Ali-Taleb, et avec lequel il suffisait de mettre en joue un ennemi, n'importe à quelle distance, pour le faire tomber raide mort. Quant aux débris de plâtre ou de pierre du tombeau, c'est également, d'après

Uno zaouïa arabe.

les croyances superstitieuses du pays, un remède souverain à tous les maux.

« Notre mendiant s'en alla frapper à la porte de la zaouïa, qui s'ouvrit aussitôt devant lui, comme elle devait s'ouvrir un instant plus tard devant nous, car tout homme est l'égal d'un autre homme devant l'hospitalité des Mozabites, et la zaouïa abrite avec la même sollicitude l'indigent couvert de haillons et le voyageur en état de reconnaître généreusement les soins qu'il a reçus.

« Les animaux mêmes sont hébergés et logés dans les zaouïas; on les installe dans des écuries ou des chenils, jusqu'à ce qu'on vienne réclamer ceux qui ne sont qu'égarés, et l'on garde indéfiniment ceux qui n'ont plus de maîtres.

« L'école primaire reçoit tous les enfants présentés : ceux qui viennent de loin sont considérés comme pensionnaires, moyennant six douros (trente francs) payés par eux en entrant; on les garde cinq à dix ans, au bout desquels ils sont en état de lire

et d'écrire correctement, peuvent réciter
par cœur lo Coran et ont le titre de *tolbas*,
qui leur permet d'ouvrir de petites écoles
dans leur village.

# IV.

### Le marabout.

« J'avais une lettre pour le marabout de Sidi-Ali-Taleb, qui devait me procurer tous les renseignements dont j'aurais besoin. J'attendis que la foule des pèlerins se fût écoulée pour me présenter à lui, et lui remettre ma requête. Bastien, qui était aux aguets, vint me prévenir dès que la zaouïa, assiégée depuis le matin, n'eut plus à ses portes qu'un très petit nombre de dévots ou de voyageurs.

« Alors je me présentai à l'entrée du bâtiment, mais on me dit que *l'homme de*

*Dieu* donnait audience à un pèlerin venu de fort loin, et qu'il ne pourrait me recevoir que dans un quart d'heure. Comme l'audience avait lieu, non point au dedans de la zaouïa, mais près de la porte extérieure, je me permis de regarder de loin, afin de me faire d'avance une idée du personnage que j'allais aborder quelques minutes plus tard.

« C'était un beau vieillard à barbe blanche descendant sur la poitrine, vêtu comme les Arabes que tu as parfois rencontrés dans les rues de Paris. Il se tenait assis à la façon orientale, le dos appuyé au mur blanc de la zaouïa, sa longue pipe entre les jambes, supportant sur ses genoux un gros livre qui devait être le Coran, et dans lequel il paraissait lire attentivement. A l'angle du mur, un autre vieillard, également assis à terre, avait tout l'air de dormir. Devant le marabout, le pèlerin, prosterné la tête dans la poussière, attendait les paroles de *l'homme de Dieu.*

— Est-ce que tout le monde se prosterné de cette façon? demanda Raoul, un peu inquiet pour la dignité européenne de son cousin.

— Pas précisément, surtout en Algérie; mais on s'incline assez bas devant certains personnages en croisant les bras sur sa poitrine. C'est une manière de saluer, comme chez nous d'ôter son chapeau. Je m'inclinai donc ainsi en me présentant devant le marabout de Sidi-Ali-Taleb, qui me parut le plus imposant de tous ceux que j'avais encore vus depuis mon arrivée en Algérie.

« Il m'accueillit gravement, mais avec bienveillance, lut la lettre dont j'étais porteur, et mit pour toute réponse la main sur son cœur, ce qui voulait dire qu'il serait heureux de faire tout ce qui lui était demandé. Puis il me questionna sur la France, me demanda à examiner ma croix, et me la rendit en me disant: « C'est un « rayon du grand soleil par qui la France « est éclairée, qui est resté collé sur ta « poitrine !... » Ce qui signifiait que je tenais cette récompense du souverain de mon pays.

« A la suite de cet entretien, je fus établi le plus commodément possible avec Bastien dans la zaouïa, où je devais habiter quelques jours avant de retourner à Gardaïa. Chaque matin j'allais voir le marabout, qui tenait à m'expliquer les plus belles maximes de son gros livre ; mais ce train de vie n'allait guère à Bastien, et il s'était créé une distraction en s'introduisant dans l'école primaire, et en y démontrant l'exercice aux petits Mozabites, émerveillés de sa gaieté et de sa vivacité de mouvements. Ils ne se contentaient plus des heures de recréation pour se livrer à cet amusement guerrier. Dès que Bastien paraissait à la porte, les deux à trois cents gamins qui emplissaient l'école s'agitaient, quittaient leurs places, et, s'armant de baguettes amassées à cet effet dans un coin de la classe, ils se mettaient au port d'armes avec un entrain superbe.

« Un jour que j'avais besoin de Bastien

pour une commission, et que je le cherchais de tous côtés, un vieux mendiant écloppé me montra du doigt la porte de l'école, et sourit silencieusement. J'entre, et que vois-je? mon zouave commandant l'exercice à plus de deux cents bambins pittoresquement accoutrés de lambeaux d'étoffe, et faisant les mines les plus drôles pour copier l'attitude conquérante du soldat français, pendant que leurs instituteurs, stupéfaits et scandalisés, tentaient de vains efforts pour les rappeler à l'ordre.

« J'avais une telle envie de rire, que je dus attendre un instant pour me montrer et parler à Bastien, qui mettait à sa démonstration et à ses commandements un feu vraiment comique, faisant exécuter des *par file à droite!... par file à gauche!...* assez satisfaisants pour une troupe de recrues.

« Cependant, comme cela ne pouvait durer, je me décidai à intervenir, et...

— Et?... répéta Raoul, surpris de ce temps d'arrêt.

— Et... voilà huit heures qui sonnent; la retraite a fini son dernier roulement; on va faire l'appel du soir, puis gagner la chambrée. C'est là tout pour aujourd'hui, mon camarade.

— Cousin, vous êtes dur comme un zouave devant l'ennemi, dit Raoul avec un geste de dépit; vous me laissez toujours en plan au milieu de n'importe quelle phrase.

— Soldat, pas un mot, et *en avant! marche!...* » Moitié riant, moitié boudant, Raoul quitta la tonnelle, et le cousin Renaud se promena dans l'allée du jardin en fumant tranquillement sa pipe, et en souriant malicieusement de la déception de son jeune parent.

# V



**Une course au désert.**

Le lendemain du jour où son cousin Renaud avait si brusquement coupé cour! à son récit, Raoul alla se blottir dans la tonnelle une bonne demi-heure au moins avant le coup de sept heures, espérant que le capitaine aurait eu un remords dans la nuit et qu'il accourrait un peu plus tôt pour réparer sa malice de la veille ; mais le pauvre Raoul avait compté sans la ponctualité militaire, que rien ne peut ébranler. Le cousin, arriva d'un pas tranquille au lieu convenu juste comme l'horloge sonnait, et s'assit à sa place accoutumée avec autant de calme que s'il n'avait pas eu le moindre soupçon de l'impatience de Raoul.

L'écolier se mordit les lèvres et devint rouge; mais il se garda bien de risquer une observation, de peur d'être frustré du reste du récit, ayant parfaitement compris qu'il ne fallait pas irriter les nerfs du capitaine, s'il voulait prolonger le plaisir de l'entendre jusqu'à son dernier soir de congé.

Il embrassa donc son cousin, et se rassit de l'air le moins préoccupé qu'il put.

« En venant tout à l'heure, dit l'officier, je me suis souvenu d'une course au désert que je ne t'ai pas encore racontée, et qui est très intéressante. Ce n'est pas moi qui en ai été le héros, mais un Mozabite que nous avions vu à la zaouïa.

— Vous n'avez pas fini l'histoire de Bastien, observa bravement Raoul.

— Nous avons tout le temps; ce sera pour un de ces jours. Écoute le récit du Mozabite pendant qu'il me revient en mémoire. »

Raoul ne souffla mot, et le conteur reprit :

« Il y avait à l'hôtellerie un homme d'une quarantaine d'années, long et sec comme une tige de palmier mort, au visage cuivré, aux yeux d'un noir de charbon, aux lèvres minces, pleines de résolution, qui excitait mon attention, et avec lequel je ne tardai pas à m'entretenir. J'étais étonné de le voir rester dans la zaouïa sans motif apparent qui y expliquât son séjour, et je me demandais en outre pourquoi il se tenait toujours à demi couché, tout en ayant l'air de jouir d'une santé robuste.

« Au premier mot que je lui adressai à ce sujet, il me montra, en écartant un pan de son burnous, sa jambe entortillée de chiffons tachés de sang, et se remit à fumer sans rien dire ; ce qui m'agaça furieusement. Mais au bout d'un instant je revins à la charge, et il me dit alors qu'il avait été au désert chasser le tigre, et qu'il s'était blessé en roulant d'une roche.

« Une fois en train, il consentit d'assez

bonne grâce à me donner quelques détails sur son excursion dangereuse; il me parla avec une certaine grandeur des émotions de cette chasse terrible, me décrivit parfaitement les allures de l'animal, ses ruses, sa férocité, ses élans fabuleux à travers la plaine de sable, ou ses bonds d'une roche à l'autre exécutés avec cette grâce et cette souplesse qu'on peut admirer en miniature chez les jeunes chats, mais qui augmentent la terreur qu'inspire un animal de la taille du tigre. Ali-Salem s'était vu aux prises avec le sien un jour tout entier et la moitié d'une nuit : tantôt il s'était cru le maître de son ennemi acculé dans une grotte où il n'y avait plus qu'à le cribler de balles; tantôt c'était lui qui s'était vu sur le point de devenir la proie de l'animal, et il n'avait dû son salut qu'à un effort surhumain. Ali-Salem avait un compagnon de dangers, devenu à peu près inutile, puisqu'il était sans armes par suite d'un mouvement de frayeur qui lui avait fait jeter sa carabine pour mieux courir;

mais cela ne pouvait rebuter l'intrépide chasseur, attendu qu'il s'était vanté devant témoins de rapporter la peau du tigre au marabout de Sidi-Ali-Taleb pour en faire un tapis à son espèce de chapelle, et qu'il se serait cru déshonoré en revenant sans ce trophée. La difficulté était d'avoir le tigre bien mort à sa merci afin de lui prendre sa belle robe mouchetée.

« Il comprit la gravité de la situation, et il se décida à se blottir dans l'angle d'un énorme rocher vers lequel il présumait que le tigre reviendrait rôder. Mais il attendit longtemps en vain ; le tigre ne se montra pas, et il fit mine, au contraire, de s'éloigner à une grande distance, comme s'il eût dédaigné le chasseur qui ne craignait pas d'entrer en lutte avec lui.

« Ce ne fut que vers minuit, au moment où la lune éclairait en plein le désert, qu'Ali-Salem entendit très distinctement le bruit d'une forte respiration, là, tout près de lui, auprès du rocher qui lui servait d'asile et d'observatoire.

« Sûr d'avoir son ennemi à portée, il réveille alors son compagnon; et tous deux se dressent à demi au-dessus de la roche, pour voir dans quelle position se trouve le tigre, qu'ils supposent endormi. Mais à peine ont-ils fait un mouvement, que le tigre, accroupi et ramassé dans les broussailles comme un chat aux aguets, pousse un rugissement formidable, et semble prêt à s'élancer vers celui qui le menace.

« Ali-Salem, sans se troubler, l'ajuste avec sa carabine, et la lui décharge dans la tête; mais, au lieu de le tuer du coup, il le blesse seulement, et, avant qu'il ait eu le temps de recharger son arme, l'animal s'élance d'un bond désespéré vers le sommet du rocher.

« Les deux hommes se laissent rouler plutôt qu'ils ne descendent la pente rocailleuse; le tigre, dans des flots de sang, y roule après eux, et vient tomber sur leurs corps, privé de mouvement.

« Quand Ali-Salem reprit connaissance, le soleil montait à l'horizon, et le désert,

inondé de lumière, lui apparut dans sa
majesté calme et silencieuse; mais au premier mouvement qu'il fit pour se lever,

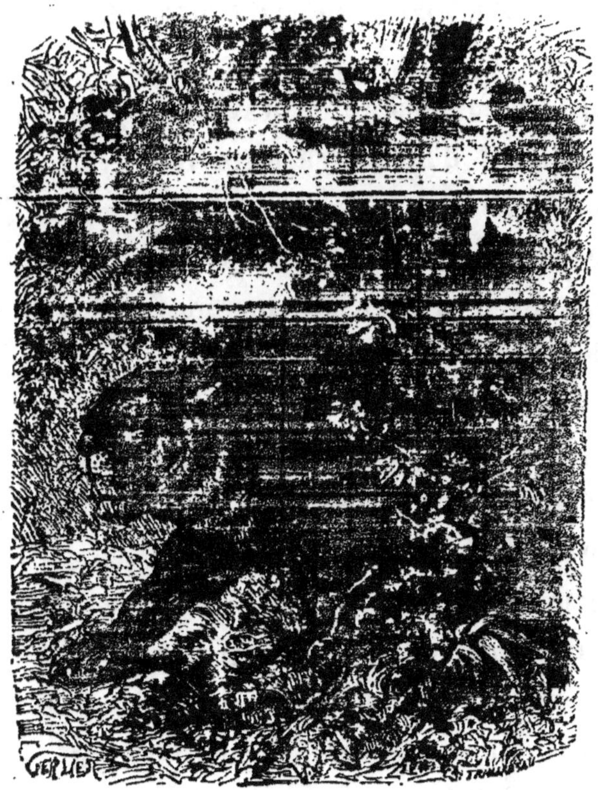

Tigre.

une douleur aiguë le réveilla complètement
et lui rappela le drame de la nuit. Il se
souleva sur le coude et regarda autour de

lui : le tigre, baigné dans son sang, gisait à quelques pas, tenant encore sous sa griffe puissante le corps de l'autre chasseur, qu'il avait eu la force d'étouffer dans un dernier effort.

« Ali-Salem, malgré sa bravoure éprouvée, fut saisi d'horreur à cette vue, et il essaya de gagner la zaouïa, traînant la jambe, assez gravement blessée dans sa chute, afin d'envoyer des hommes chercher le corps de son camarade, et enlever la peau si chèrement payée. Le marabout, à qui je parlai ensuite du récit d'Ali-Salem, me montra d'un geste triste la superbe fourrure étendue en guise de tapis dans l'intérieur du kouba, et me dit qu'on avait donné la sépulture à l'ami du chasseur dans le petit cimetière de la zaouïa.

— Ah ! cette fois, s'écria Raoul, qui avait retenu son haleine pendant ce récit, cette fois, cousin, j'ai eu mon histoire tout entière ; aussi je vais vous chercher des cigares et du feu pour votre peine.

— Tu ne me gardes donc pas de rancune

au sujet de Bastien, resté au milieu de son
régiment de Beni-Mzab?...

— Pas du tout.

— Alors tu auras la fin de la scène demain sans faute. »

# VI



« Lorsque j'eus, par une exclamation ronflante, attiré l'attention de Bastien, il s'arrêta net au milieu de sa démonstration, et porta vivement la main à son turban, attendant la semonce que j'allais lui faire, et qu'il savait parfaitement avoir méritée; mais je ne voulais pas le gronder devant ses conscrits. Je lui fis signe de me suivre, et je l'emmenai dans un coin de la cour pour lui expliquer à mon aise les inconvénients de la distraction à laquelle il se livrait depuis plusieurs jours. Il essaya bien de me prouver que l'école du fusil était plus utile que l'étude du Coran, et surtout plus noble; mais j'avais pris mon air sérieux des grandes circonstances, et Bastien, qui le connaissait, se le tint pour dit. De ce jour il supprima durant la classe son cours guerrier, et se contenta des récréations pour initier les élèves au maniement des armes, d'après la théorie adoptée en France.

« Les enfants me surent peu gré de cette modification; mais j'eus toute l'estime et toute l'affection des professeurs, dont j'avais fait respecter l'autorité.

« Une autre fois, j'eus encore à me mêler des affaires de l'école primaire. Mais je dois, avant d'en venir à ce nouvel incident, t'apprendre, mon cher Raoul, qu'un superbe chien noir, au poil lustré, à l'œil ardent, aux oreilles fières et à la queue en panache, vint un soir gronder à la porte du chenil d'un air qui semblait dire : Ouvrez donc, c'est moi ! D'où venait ce chien, qui n'avait l'air ni malade ni affamé, on ne l'imaginait pas trop; seulement il était évident qu'il avait perdu son maître, et qu'il connaissait ses droits de chien sans asile. C'est sans doute à cette connaissance qu'il devait sa hardiesse et sa fierté. Un pauvre chien ignorant se fût présenté autrement; on l'aurait vu se glisser humblement dans la cour, la queue entre les jambes, les oreilles basses, l'œil voilé, et osant à peine tenter un timide grognement comme pour dire : j'ai faim et je suis las, un os et un peu de paille, par charité; tandis que le grand chien noir réclamait effrontément une chose due.

« Bastien avait suivi du regard le bel animal, et n'avait pu retenir un cri de convoitise en le voyant entrer au chenil en vrai maître de la maison; mais il savait qu'un délai était nécessaire, si court qu'il fût, pour s'assurer que le propriétaire du chien ne viendrait pas le réclamer; il se résigna donc à attendre, bien décidé à demander au marabout en personne l'autorisation de s'approprier le chien noir.

« Peu d'instants après l'arrivée de cet hôte à quatre pattes, une grande rumeur s'éleva dans le bâtiment de l'école. On venait, en comptant les enfants, de découvrir qu'il en manquait un, le plus fort élève de toute la classe, celui qui en était l'honneur et l'ornement.

« Vite l'instituteur en chef s'adresse à moi, et me confie qu'il a des doutes sur Bastien ; que c'est lui qui a dû favoriser cette désertion, dans le but de faire un soldat français du petit citoyen mozabite. Impossible de lui faire comprendre que les soldats français n'étaient pas des voleurs d'enfants, et que, quand même il s'en trouverait un capable de commettre ce crime, ses chefs ne pourraient l'ignorer, et en feraient prompte justice ; l'instituteur de la zaouïa persista dans ses accusations, et en déféra à la sainte autorité du marabout.

« Bastien fut interrogé solennellement, et, s'il ne m'avait pas senti derrière lui, je crois qu'en sa qualité de zouave il n'eût pas tardé à envoyer le tribunal se promener sans précautions oratoires ; mais, par respect pour moi, il consentit à répondre à peu près poliment.

« Il fallait cependant retrouver l'enfant.

« J'offris d'aider à sa recherche avec mon zouave, et nous nous mîmes immédiatement en quête du marmot déserteur.

« Nous battîmes, dès le soir même, une bonne partie des broussailles, des huttes, des étables et des écuries des environs ; mais il fallut, bon gré mal gré, renvoyer au lendemain la suite de nos recherches, comme nous allons, mon bon Raoul, renvoyer à demain celle de cette histoire.

« Tu as beau me faire les yeux doux, il faut que cela se passe ainsi, afin que tu puisses occuper le reste de ta soirée à mille suppositions plus éloignées les unes que les autres de la vérité. »

## VII

L'enfant rentre et le chien sort.

« Dès le point du jour, reprit le cousin de Raoul, Bastien et moi nous nous remîmes en marche sous un soleil de feu et par un de ces vents du désert bien connu sous le nom de *simoun* ou de *siroco*, qui nous aveuglait et nous brûlait la gorge; mais nous nous étions fait un point d'honneur de retrouver mort ou vif le déserteur qu'on accusait le brave Bastien d'avoir escamoté pour en faire un fantassin français et un chrétien.

« Si je découvre le petit singe, grom-

« melait Bastien , aussi vrai que je suis
« votre zouave, mon capitaine, je le ramène
« par l'oreille à la zaouïa, et je lui fais
« prendre le pas de gymnastique au moyen
« de quelques bonnes taloches.

« — Ce ne serait pas bien, lui disais-je ,
« il ne faut montrer aucune colère, si tu
« veux que le marabout reste convaincu de
« ton innocence. D'ailleurs, à quoi bon
« t'emporter d'avance? Cet enfant, qu'on
« suppose déserteur volontaire ou suborné
« par toi, a peut-être été victime de quelque
« cruel accident. Il y a des citernes au
« niveau du sol dans ce pays; les animaux
« féroces y fourmillent, et tu te souviens
« du malheur arrivé au compagnon d'Ali-
« Salem tout récemment encore. »

« Bref, je faisais de mon mieux pour
calmer l'humeur de Bastien, qui ne croyait
pas à une catastrophe, mais bien à une
ruse du malin petit garçon.

« Vers le milieu de cette journée, nous
sentant beaucoup trop exténués pour prolonger nos investigations, nous nous déci-

dâmes à rebrousser chemin, et à venir prendre quelques heures de repos à la zaouïa pendant la plus grande chaleur.

« Nous touchions au mur de l'établissement, quand un certain appel, risqué à voix très basse, frappa l'oreille exercée de Bastien. Il courut du côté d'une crèche abandonnée, en ouvrit la porte mal close, et revint aussitôt à moi, en me criant d'un accent plein de triomphe et aussi de colère :

« — Il est là, le maudit singe!... là, sur
« un tas de fumier, mon capitaine, et il
« se taille un fusil dans une branche. Il
« m'appelle pour me montrer son ouvrage,
« et il dit qu'il veut que je l'emmène au
« régiment. Ah! le méchant garnement qui
« laisserait père et mère pour déserter à
« l'ennemi!... »

« Je ne pouvais m'empêcher de rire de la révolte vertueuse de Bastien, qui s'était engagé dans les zouaves contre la volonté de toute sa famille, ce qui ressemblait fort à l'escapade du petit Mozabite, à part la question de la désertion de l'ennemi, con-

testable d'ailleurs, puisque les Beni-Mzab
s'étaient soumis à la France.

« J'eus beau exhorter Bastien à la clé-
mence, il alla de nouveau droit à la crèche,
en tira brusquement le garçon par sa
veste, lui administra non pas quelques
claques, il avait réfléchi, mais deux ou trois
chiquenaudes sur le cou, le prit par une
oreille, et se dirigea rapidement du côté
de l'école en donnant à son prisonnier les
noms les plus drôles du monde, et en le
traitant de cafard et de vaurien.

« Comme il se livrait à cette exécution
sévère, le grand chien noir s'élança du
chenil, et vint d'un bond se jeter aux
jambes du malheureux écolier, tout en
sollicitant du regard l'approbation du
zouave, auquel sans doute il reconnaissait une grande supériorité, puisque c'était
contre son prisonnier que se tournait sa
rage.

« — A bas!... Kelb!... » lui cria Bastien
d'une voix de tonnerre, en lui faisant un
geste énergique.

« *Kelb* veut dire chien en arabe. Ce nom, qui était venu le premier sur les lèvres du zouave, parut être compris de l'animal, qui se coucha aussitôt à terre, et se mit à lécher les guêtres de celui qu'il semblait ainsi reconnaître pour son seigneur et maître

« Tu penses, Raoul, que pendant ce temps l'élève de l'école primaire avait tenté d'échapper aux doigts nerveux de Bastien, qui lui pinçait l'oreille un peu trop fort; mais celui-ci ne lui laissa aucun espoir d'évasion. Après avoir flatté Kelb, il reprit la direction de l'école, dont il poussa du pied la porte, et il y entra sans lâcher le coupable.

« De bruyantes acclamations saluèrent son entrée; la marmaille s'agita, se poussa du coude, et montra le malheureux fuyard d'un doigt moqueur, tandis que les maîtres, accroupis sur leurs nattes, dans une attitude grave et sévère, attendaient l'explication du zouave faisant office de gendarme.

« Bastien conduisit le petit garçon jusque

auprès de la place réservée aux professeurs, et, ouvrant alors la main, il exposa aux regards de l'assemblée l'oreille rouge-sang de sa victime, qui fut huée par la troupe des gamins, et solennellement réprimandée par les vénérables instituteurs.

« Après cela, Bastien reçut force compliments mêlés d'excuses; on se repentait de l'avoir soupçonné; on demandait à réparer cette injure, et j'étais moi-même obsédé de marques de repentir et de respect, le tout pour un pauvre garçon à qui un zouave avait monté l'imagination en lui expliquant avec trop d'enthousiasme la charge en douze temps.

« Mais j'en fus pour mes frais quand je voulus faire entendre à Bastien qu'il avait transformé une sottise d'enfant en une grosse affaire. Il répondit à toutes mes raisons par la nécessité d'inculquer de bonne heure aux garçons la religion du drapeau.

« — Vous comprenez, capitaine, » me répétait-il avec feu en tortillant ses mous-

taches, « que le drapeau de ces singes de
« Mozabites, c'est la zaouïa, l'école, et
« qu'ils ne peuvent la déserter sans honte.
« Je ne dis pas que je ne leur ai pas mis
« martel en tête en leur montrant l'exer-
« cice, c'est possible ; mais, pas moins, ils
« doivent rester fidèles à leur quartier, et
« ne pas courir après le premier *zou-zou*
« qui passe. »

« Cette logique paraissait sublime à
Bastien, qui n'en démordit pas, et ne re-
gretta jamais d'avoir tenaillé l'oreille du
malheureux écolier de Sidi-Ali-Taleb.

« Il paraît, du reste, que le marabout
approuva de tout point la correction in-
fligée au déserteur, car il fit offrir à Bastien une récompense à son choix.

« — Qu'on me donne Kelb, dit le zouave
« sans hésiter, et je me regarde comme crâ-
« nement payé. »

« Le chien était en ce moment étendu
au soleil dans le milieu de la cour ; on pria
Bastien de vouloir bien faire acte de pos-
session à sa manière, car on ne savait trop

comment expliquer au fier quadrupède qu'il devenait la chose du soldat français. « Ici! Kelb!... » fut le seul argument de Bastien. L'animal se leva, et courut joyeux tendre sa belle tête aux caresses du maître qu'il se reconnaissait de si bonne grâce.

« Tenez, mon capitaine, » me dit Bastien d'un accent presque tendre, « ce sera à « nous deux ce camarade-là, et vous verrez « comme je l'instruirai et le dresserai à « vous aimer et à vous défendre. »

« Je frappai un coup amical sur l'épaule de mon zouave, et je me mis à flatter Kelb, qui se laissa faire. »

# VIII


Départ de la zaouïa.

« Cette huitième soirée m'a tout l'air, mon cousin Raoul, d'être la dernière de notre congé, dit le capitaine en prenant place sous la tonnelle de Ville-d'Avray. Il s'agit donc de clore le récit de mon séjour dans l'oasis des Beni-Mzab, où je restai fort peu de temps d'ailleurs après mon retour de la zaouïa de Sidi-Ali-Taleb à Gardaïa.

« Peu de jours s'écoulèrent à partir des scènes de l'écolier et du chien jusqu'à celui où je pris congé du marabout, dont j'avais soigneusement noté les renseignements.

« J'offris un présent en monnaie à la zaouïa, où nous avions trouvé l'hospitalité la plus généreuse et la plus délicate; je visitai une dernière fois l'établissement dans tous ses détails, et je tins à laisser à tous les habitants de ce vaste et utile refuge de bonnes et cordiales paroles dont ils pussent se souvenir chaque fois qu'ils parleraient de l'armée française.

« Ma compagnie devait pousser une grande promenade militaire jusqu'à la zaouïa, quand je serais décidé à la quitter. Je la fis donc prévenir quelques jours d'avance, et un matin elle arriva tambour battant aux portes de l'établissement. Il fallait voir comme les Mozabites, y compris le marabout à la longue barbe, étaient saisis d'admiration à la vue de cette belle et vaillante compagnie dont le costume était si bien en harmonie avec le pays et ses costumes, dont les visages, bistrés par le soleil du Sahara, étaient empreints de tant de vigueur et de tant d'insouciante gaieté. J'en étais vraiment fier.

« La journée se passa au repos; nous devions nous mettre en route le soir pour éviter la chaleur. Toute la zaouïa fut en l'air et en fête; on accabla les soldats de prévenances et de questions; les officiers, accaparés avec moi par le marabout et les premiers personnages de l'endroit, furent émerveillés d'un tel accueil.

« Mais il n'est si bonne compagnie qui ne se quitte, n'est-ce pas, Raoul?... Il fallut se résigner à dire adieu à nos hôtes, et obéir au tambour qui battait la marche à l'entrée de la route.

« Au moment de franchir la porte, j'aperçus Bastien qui se détachait du groupe, et s'avançait vers les écoliers rangés en haie sur notre passage. Je crus qu'il allait les haranguer; mais il n'ouvrit pas la bouche. Arrivé tout près du premier rang, il sortit de dessous sa veste une manière de petit fusil en bois de palmier assez artistement travaillé, et le jeta à l'enfant auquel il avait si rudement secoué l'oreille; puis il regagna la colonne en sifflant Kelb, qui

se mit au pas à ses côtés, comme s'il n'a-
vait jamais fait autre chose.

« Les Mozabites, vieux et jeunes, nous
firent la conduite assez avant sur la route,
appelant sur nos têtes les bénédictions
d'Allah, et nous invitant à revenir à la
zaouïa, où nous trouverions toujours des
visages amis et une hospitalité aussi large
que les ressources de l'établissement le
permettraient.

« Ali-Salem lui-même, avec sa jambe
boiteuse, était là, s'aidant d'une béquille.
Le hardi chasseur de tigres se penchait
vers Bastien, resté à l'arrière-garde avec
son chien noir, et il lui redisait sans doute
quelqu'une de ces belles histoires de
chasses qui font l'orgueil de toute une vie
au désert comme dans les contrées les
plus civilisées, l'homme étant partout fort
satisfait de pouvoir se montrer dans le
rôle d'un héros.

« Ceci, mon cher Raoul, est pour finir
comme une leçon de morale; et c'est le
moment, puisque tu vas rentrer dans ton

lycée, où l'on te racontera peu d'histoires uniquement amusantes. J'ai pourtant eu l'intention de te jeter en passant quelques enseignements pris çà et là dans le sujet

Officier et zouaves.

même de mes récits de troupier : si tu ne les as pas saisis au vol, tant pis pour moi ; le capitaine de zouaves aura tiré en l'air comme un maladroit, au lieu de viser le but. »

En achevant ces mots, le cousin de

Raoul se leva, embrassa de tout son cœur le jeune lycéen et lui dit adieu, ou plutôt au revoir jusqu'à une autre vacance plus ou moins éloignée où il pourrait revenir en France, et reprendre avec lui sa place sous la tonnelle.

C'est de Raoul lui-même que nous tenons ces détails. Chaque soir, après le départ de l'officier, il prenait des notes afin de conserver ces petites esquisses des mœurs algériennes qu'il avait tant de plaisir à voir défiler sous ses yeux, et qui le faisaient rêver voyages et aventures des heures entières.

## FIN

# TABLE

—

## WILLIE BUTLER



## SOUVENIRS DU SAHARA ALGÉRIEN




20844. — Tours, impr. Mame.

www.ingramcontent.com/pod-product-compliance
Lightning Source LLC
LaVergne TN
LVHW020544060726
842525LV00004B/1310